さち子十四歳《さい》 満《まん》州《しゅう》へ

――戦中・戦後　看護婦として――

安川

日本僑報社

もくじ

※本書の題名・本文中で、「看護婦」の単語を用いていますが、当時の時代背景を考慮し、そのまま収録しております。ご了承ください。

はじめに

一九二十年代（大正の終わりから昭和の初め頃）日本は、社会全体景気の悪い状態が続いていました。そのような中、農産物の価格は下がり、それに追い打ちをかけるように、凶作《きょうさく》にも見舞われ、農民たちは、貧しさにあえいでいました。

国は、そのような状況を打破し、解決の糸口を見つけようと、中国に目を向けました。そして、さまざまな軍事行動を起こし、一九三二年（昭和七年）中国の東北部に満州国《まんしゅうこく》を作ります。新天地を求めて、その満州《まんしゅう》に、日本から大勢の農業移民団が、海を渡って行きました。

一九三七年（昭和十二年）中国・北京の郊外にある蘆溝橋《ろこうきょう》で、日本と中国の軍隊が衝突《しょうとつ》するという、蘆溝橋《ろこうきょう》事件が起きました。そして、日本と中国の戦争、日中戦争が始まったのです。

そんな時代に生まれ、育ったさち子は――。

一　家の手伝いは、楽しい遊び

ここは長野県南佐久郡《みなみさくぐん》の、ある山あいの集落です。裏山《うらやま》から、くねくねと曲がって流れている谷川に沿って、両側にポツポツと家が立ち並んでいます。

さち子はこの村で、一九二八年（昭和三年）十一月二十一日に生まれました。

きょうだいは全部で八人です。さち子の上には、三人のお兄さんと二人のお姉さん、下には、妹、弟がいました。

お父さんは、さち子がまだ六歳《さい》の時に、冬、山で、雪の坂道ですべり落ち、大けがをして亡くなってしまいました。

それでさち子たちきょうだいは、お母さんとおばあさんに育てられました。生活は苦しく、お米がとれる秋までに、お米がなくなってしまい、学校へお弁当を持っていかれない日が続くほどの貧乏《びんぼう》です。

けれど、さち子はそういう中で、たくましく大きくなっていきました。

その頃は、ほかの家もそうでしたが、さち子たちきょうだいは、小学校に上がるようになると、学校へ行く前や、学校から帰ってきたあとは、ただただ、家の手伝いです。

お兄さんたちは朝一番、ヤギの乳《ちち》しぼりです。乳《ちち》をしぼり、それを殺菌《さっきん》のため、わかして、びんにつめます。そして、いつも取ってくれる家に届け、それから学校へ行きます。その乳は家の者は飲みません。

お姉さんたちは、朝ごはんのしたくや、そうじに大忙しです。さち子も手伝います。

学校からの帰りは、さち子は、仲良しのたえちゃんといつもいっしょです。

「たえちゃん、きょうは山へ行こうか」

「うん！　そうしよう、そうしよう」

家に勉強道具を置くと、さち子とたえちゃんは近くの山に行って、たきぎをひろったり、たきつけに使う枯《か》れた松葉を集めて、家に持って帰ります。

五年生になるとさち子は、稲《いな》わらで、なわをなう（作る）ことをお姉さんから教わり、できるようになりました。

夜、お米を収穫《しゅうかく》したあとの、乾いた稲わらをより合わせて、なわをないます。そして次の日、学校から帰ると、そのなわを使って、庭で、たえちゃんとおしゃべりしながら、炭俵《すみだわら》を、お日様が沈むまで作り続けました。

「わあ、できたあ！　明日、組合（現・農業協同組合）に持っていこう」

「さっちゃん、早い！」

俵作りは、さち子たちにとっては、編んでできあがっていく、楽しい遊びでした。そして、組合に売って、そのお金は家の貴重な収入になり、家計を助けるものでした。

また、さち子の家では、うさぎも飼《か》っていました。ふわふわと長く伸びた白い毛を、はさみでチョキチョキと刈るおじさんが、毛が伸びた頃、やってきます。

刈った毛を、おじさんが買い取ってくれ、それもだいじな収入になりました。
そのうさぎのえさの草取りは、さち子の仕事です。
学校から帰って、たえちゃんといっしょに、近くのたんぼや畑のまわりに行き、
「どっちが早く、ざるをいっぱいにするか。きょうはわたしだぞ」
と、草取り競争に夢中になります。
さち子たちにとって家の手伝いは、毎日の楽しい遊びでした。

二　戦争のないところに行きたい

さち子は、六年間の小学校を終えて、高等科に進みます。一九四一年（昭和十六年）に、学校は、天皇が治める国、皇国民《こうこくみん》を育てるという国民学校となり、さち子は初等科の上の二年間ある高等科に在籍となりました。

そして、その高等科二年も、そろそろ終わるという頃になりました。

冬の真っ盛り、深い雪に包まれている山あいの集落は、日暮れも早くきます。

「おお、寒い寒い。早く、ごはんの用意しよう！」

夕方、たえちゃんの家から帰ってきたさち子は、一番上のお姉さんといっしょに、いつものように、夕食のしたくです。

「ああ、戦争のないところに行きたいなあ」

ごはんをたく、まきの火かげんを見ながら、さち子はため息をつきます。

「戦争のない所？　ほんとだなあ」

一九四一年（昭和十六年）、真珠湾攻《しんじゅわんこう》げきで始まった太平洋戦争は、ますます激《はげ》しさを増していました。

学校でも、アメリカ軍の飛行機が、空から爆弾《ばくだん》を落とす空襲《くうしゅう》にそなえて、避難《ひなん》をするための穴の、防空壕《ぼうくうごう》を掘ったり、また、〝♪勝ってー来るぞと　勇ましくー〟と、大きな声で歌いながら、全校で校庭をぐるぐる回ったりします。

そんな中、昼間でも夜でも、不意に敵機《てっき》が飛んできて、空襲警報《くうしゅうけいほう》のサイレンが、けたたましく、ウーウーと、村中に鳴り響きます。

「早く早く！」

さち子たちはいそいで、庭に掘った防空壕《ぼうくうごう》や、また、学校にいる時には、学校の防空壕《ぼうくうごう》に逃げ込みました。

その上、夜になると毎晩、家の光が外にもれて、敵機《てっき》にみつかってしまわないよう、電気を消したり、電灯《でんとう》に黒い布をかぶせたりして、じっと、過ごしていました。

(ああ、また、暗いおそろしい夜がきた)

さち子は、夜になるたびに思うのでした。

そんな緊張《きんちょう》した日々の中、とうとう、少し離れたところに、建物を燃やしてしまう、おそれていたしょうい弾《だん》が、ついに落とされました。幸い、たいしたことがなかったのですが、村の人たちは、初めてのことで、びっくりです。

それからは、近所の人同士、皆、外に出て、バケツに水をくんで、次々に回して火を消す、バケツリレーの消火訓練《くんれん》を、時々行いました。

「もうすぐ、高等科卒業だなあ。そのあとの就職先は、強制的《きょうせいてき》に軍需《ぐんじゅ》工場(軍事に必要な物の生産)だ。たえちゃん、女学校へいったけど、授業はなくて、毎日、軍需《ぐんじゅ》工場で働いているって、いつかいってた。でも、仕事がきつくて、体こわしちゃったみたい。ああ、戦争のないところに行きたいなあ」

さち子はお母さんやお姉さんに、時々、そんなことをいっていました。

そんなある日、一番上のお姉さんが、ある情報を持ってきてくれました。

それは、満州《まんしゅう》にある満鉄《まんてつ》（南満州鉄道株式会社）が、電話交換手と、看護婦養成所への募集《ぼしゅう》をしている、というものでした。

（満州《まんしゅう》って、しょうい弾《だん》の落ちてこない、電灯《でんとう》に黒い布をかぶせたりしないところだろう、きっと。それに、私、ずっと前から、看護婦さんになりたかった）

さち子は、だれにも相談しないで、看護婦養成所の方に申し込みました。

試験当日、試験会場には一人で行きました。 そして数日後、さち子に、合格の知らせが届きました。あとでわかったことですが、その郡から四名が受験していて、二名が合格でした。

三　母の猛反対

満州《まんしゅう》に渡る支度金が、家に送られてきました。

「これは、何だい！」

お母さんはびっくりして、さち子に問いつめます。

さち子はあわてて、くわしく事情を話しました。しかし、話を聞いたお母さんは、泣いて反対します。

その頃、戦火《せんか》はますます激《はげ》しくなり、毎晩のように、明かりが外にもれないよう、灯火管制《とうかかんせい》がしかれ、敵機襲来《てっきしゅうらい》を知らせるサイレンは、ひんぱんに鳴りひびいていました。

そのため、村人たちは、しょっちゅう、防空訓練《くんれん》に駆《か》り出されていました。

「男が軍隊に取られるのは仕方がないとしても、女のお前が、どうして自分から満州《まんしゅう》へ行くんだ！」

さち子の一番上のお兄さんは、すでに戦争に行っていて、二番目のお兄さんも、

この間、

「生きて帰ってこいよう」

と、お母さんは泣きながらすがりついて、送り出したばかりでした。

「これから、戦争は、もっともっと激《はげ》しくなる。満州《まんしゅう》になんぞ、行かないでおくれ！」

お母さんは、くり返しくり返し、泣きながら止めます。

「決まったことだから」

さち子は歯を食いしばり、頑《がん》としてゆずりません。

募集《ぼしゅう》案内を持ってきてくれたお姉さんが、さち子に応援をしてくれて、お母さんも、とうとう、泣きながら許しを出してくれました。

次の日、さち子はこのことを、担任の先生に話しに行きました。

「さち子！ お前、満州《まんしゅう》へ？」

先生はそういったきり、大きく目を見開いて、さち子をじっと見続けるだけです。

「お母さんは許してくれたのか?」

先生は、やっと口を開きました。

「はい」

さち子は大きくうなずきました。

「満州《まんしゅう》って、遠いんだよ。とっても遠いんだよ。帰って来れないかもしれない」

先生はそういいながら、涙をポロポロ流しています。

しばらくしてから、

「お前は元気がいいから、大丈夫だ。がんばれよ。必ず、元気で帰って来いよ。日本に帰ったら、一番に会おうな」

涙もふかないで、さち子の両肩《かた》に手を置いて、力を込めていいました。

国民学校高等科を卒業したさち子は、いよいよ、集合地、山口県下関《しものせき》に向けて、出発の日となりました。

村の鎮守《ちんじゅ》の森で出発式です。村長さんを先頭に、村の人たちが旗を振って、出征《しゅっせい》兵士を送るように、行列をして送ってくれました。

村長さんは、

「正月には帰って来いよ」

といってくれましたが、さち子は、心の中で、（簡単には帰れないよ）と思っていました。

荷物といえば、布製のリュック一つです。それを背負っての、セーラー服にズボンのさち子の、満州《まんしゅう》に向けての旅立ち姿でした。

さち子十四歳、一九四二年（昭和十七年）、春とはいえ、まだ、あちらこちら

に雪の残る三月末のことでした。

四　いよいよ、大陸へ

山口県下関《しものせき》に五月一日、集合します。長野県からは四名、全国から、三十二名の若い女性たちが集まりました。

下関《しものせき》から船で日本海を渡り、まず、朝鮮（現、韓国《かんこく》）の釜山《ぶさん》に行きました。大陸に入っての釜山《ぶさん》から列車に乗り、満州《まんしゅう》、龍江省《りゅうこうしょう》（現、中国黒竜江省《こくりゅうこうしょう》）のチチハルに向かいます。深緑色の列車は、大きくて、とても長いものでした。

（やっぱり大陸だなあ）

山国で育ち、あまり汽車に乗ったことがなかったさち子にとっては、まず最初に目を見張るものでした。

列車の中で、さち子たちは、お互い名前を知らないので、目が合えば、ただにっこりとほほ笑み交わすだけです。

また、列車内に、ニンニクのにおいが強くただよっていました。そのにおいに慣《な》れていないさち子は、とても困り、口と鼻を時々押さえてやりすごしました。

釜山《ぷさん》から一路北へ北へと、新京《しんきょう》（現、長春《ちょうしゅん》）、ハルビンを通過して、二日ほどかかって、やっと、モンゴルとの国境に近い、満州国《まんしゅうこく》チチハルに着きました。そして、南満州鉄道病院附属《ふぞく》看護婦養成所に入りました。

さち子たちは四期生です。いよいよ、その養成所で四期生として、看護の学習と実習の研修《けんしゅう》を受けるのです。

看護婦寮《りょう》は、先ぱいといっしょの四人部屋でした。

そのうち、いっしょに来た同室の仲間は、夜になると、時々、

「家に帰りたいよう」

と、しくしく泣いていました。

そのたびに、先ぱいは、

「何のためにこんな遠くまで来たの？　がんばるんだよ」

と、さとします。

さち子たちにとって、親元を離れての、初めての一人立ちです。故郷を思うのも、無理はありません。

しかし、さち子は違っていました。むしろ自由なんだと、開放された気持ちの方が強く、メソメソしている友達を尻目に、毎日が、うれしくて楽しく思えるものでした。

(少しもメソメソなんかしていられないよ。自分の目指す、人を助ける看護の仕事に、全力をそそごう。立派な看護婦さんになるんだ)

さち子は、改めて自分にいい聞かせるのでした。

一年目は講義《こうぎ》で、たたみのしいてある作法室《さほうしつ》に大きな机があり、皆、そこにすわって、医学全般、生理解剖《かいぼう》などの授業を受けました。二年目からは、いよいよ実習です。

さち子は先ぱいの看護婦さんについて、いっしょに病室を回りながら、患者《かんじゃ》の体温の計り方など、いわれたようにしながら、一生けん命、そのやり方をおぼえました。

「四期生は皆、元気で、やる気満々の子が多いわねえ」

さち子たちは、先ぱいの看護婦さんたちから、そういわれます。

「そうです。四期は元気です」

「四期は元気！」

「四期は元気！」

お互い歌うようにして、声をかけ合い、励《はげ》まし合いながら、実習に励《はげ》みました。

五

満蒙開拓青少年義勇軍《まんもうかいたくせいしょうねんぎゆうぐん》

（満州開拓青少年義勇隊《まんしゅうかいたくせいしょうねんぎゆうたい》）

大陸に来て二年目の頃、チチハルは内地（日本本土）と違って、まだ爆音《ばくおん》やサイレンの音もなく、さち子の望んでいた、しょうい弾《だん》の落ちない、灯火管制《とうかかんせい》のないところといった状態で、伸び伸びと過ごすことができました。

木枯らしが吹きすさび、横なぐりの雪が激《はげ》しく舞う、二度目のきびしい冬がやってきました。満州《まんしゅう》の冬は零下《れいか》四十度にもなります。

そんな中、満鉄《まんてつ》病院の近くに留まっていたり、また、奥地の国境地帯で軍事訓練《くんれん》を受けていた、満州開拓《まんしゅうかいたく》青少年義勇隊《ぎゆうたい》の若い兵士が、大勢、病院に運ばれてきました。

皆、自分から志願して兵隊になった若者です。

その若者たちは、栄養失調の上、凍傷《とうしょう》にかかってしまい、耳や手が、どす黒く腫《は》れ上がっています。中には、ぼうっとした目の、生気のない顔で、壁によりかかって、すわりこんでいる人もいます。

さち子は自分と同じ位の、このような若者の姿に、非常にショックを受けました。でも、歯をくいしばり、先ぱいの看護婦さんといっしょに、必死で治療《ちりょう》に当たりました。

また、病院には、このような義勇軍《ぎゆうぐん》のほかに、わずかですが、一般の兵隊も入院していました。

「おれたち兵隊は、赤紙一枚で応召《おうしょう》だ。大砲や馬は金がかかっている。戦地じゃ、虫けらのように扱われたよ」

ベッドの上で、弱々しくつぶやいていた兵隊さんの言葉が、さち子の心に重たく残りました。

六　楽しいひととき

さち子たちにとって、連日大変な勤めでしたが、そんな中で、楽しいひとときもありました。

極寒《ごっかん》のチチハルの冬、休みの日など、寮《りょう》にいると、マントウ売りの声が聞こえてきます。

「ね、マントウ買おうよ」

「うん！」

「買おう、買おう！」

いつもの、ひものついたザルにお金を入れて、二階から、スルスルと下ろします。

すると、下にいたマントウ売りのおじさんは、お金を数えると、その分のマントウをザルに入れてくれ、さち子たちはゆっくりとひもを引き上げます。

トウモロコシの粉で作られた、そのマントウは、すこし黄色く、ふかふかでアツアツです。

「おいしいねえ！」

「しあわせ！」

まだまだ食べ盛りのさち子たちです。

そして、それぞれ、ひとりの少女としての、楽しいひとときでした。

また、ある時には、

「きょうは、町の公園に行こうよ」

と、少し離れた竜沙公園に、えりまきで顔をぐるぐると巻いて、マーチョ（馬車）に乗って出かけます。

公園の樹木《じゅもく》は樹氷《じゅひょう》で真っ白。太陽があたってキラキラ光っています。

そこで買い物をしたり、うすいお焼きの、チェンビン（煎餅）を買って食べたりしていると、寒さなども忘れてしまいます。

でも、気がつくと、まゆ毛も凍《こお》っていたりと、日本の冬とは比べようもない程の、満州《まんしゅう》の冬、やっぱり寒く、帰る時、

「もう、寒いから、来るの、やめようね」

「そうね、やめよう。おー、寒い、寒い」

と、お互い、いい合います。

でも休みになると、また、来てしまうさち子たちでした。

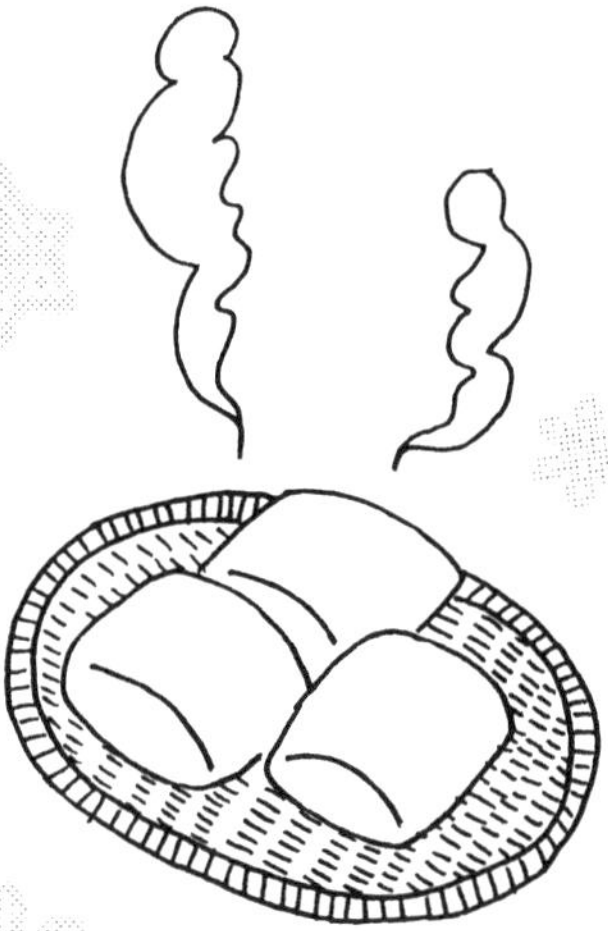

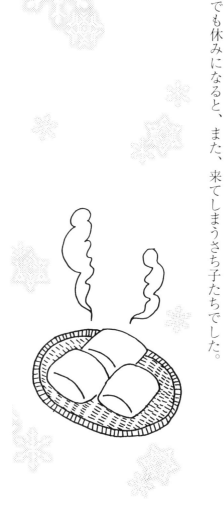

七　とうとう、正式の看護婦に

翌年の一九四五年（昭和二十年）に入ると、なつかしい故国《ここく》が、大変な状況になっているらしいといううわさが、看護婦の間にも、次々と流れてきました。

「東京が、大空襲《だいくうしゅう》に、何度も見舞われているらしいわよ」

「食べる物もなく、住む家もなくなってしまった人が、大勢出ているんだって」

「うわあ、日本、どうなっちゃうんだろ」

みんな、それぞれ、自分のふるさとは、一体どんな様子なんだろうかと、心配するのでした。

そういった中、さち子たちのいる満州《まんしゅう》も、次第に戦火《せんか》の緊張《きんちょう》に包まれ始め、二月に行う卒業式が、一月にくり上げられました。

〝池田さち子、右の者、南満州鉄道株式会社附属《ふぞく》チチハル病院の看護婦を命ず〟

二年間の、看護婦養成所の研修《けんしゅう》を終えたさち子は、とうとう辞令《じれい》を受け、無事卒業です。

さち子にとってこんなにうれしかったことは、今までありません。

辞令《じれい》の証書を胸に当て、じっと目をつむり、

「母ちゃん。わたし、とうとう、看護婦だよ！　正式の看護婦だよ！　がんばったよ。ほら、これが辞令《じれい》だよ！」

と、涙をポロポロ流しながら、お母さんの姿を思い浮かべ、報告しました。

さち子の看護婦としての第一歩は、南満州鉄道株式会社チチハル病院の、小児科病棟《びょうとう》です。

その年、小児科病棟《びょうとう》には、ぐったりした子どもたちが、次々と運ばれてきました。

このチチハル病院の周辺には、内地（日本）から、新天地を求めて、大勢の開拓団が集団で移住してきていました。

その子どもたちが、肺結核《はいけっかく》や自家中毒《じかちゅうどく》になってしまったのです。

七月に入ると、更に、疫痢《えきり》のような症状《しょうじょう》で脱水状態《だっすいじょうたい》の、非常に危険な子どもたちが、一日に何人も運び込まれてきました。

ベッドが足りなくなり、廊下に寝かせて急場をしのぐなど、てんてこ舞いの毎日です。

しかし、その子どもたちは、治療《ちりょう》の甲斐《かい》もむなしく、力なく、命を落としていってしまいました。

（なんで？　どうして？）

さち子は心の中で泣きながら、先ぱいの看護婦さんと、小さな体をていねいに拭《ふ》いて、亡《な》きがらの処置をして、親元に返しました。

八

注射がうまい

そんな日々の中、戦況《せんきょう》はますます悪化《あっか》していきました。

病院で使う物資も、あまり入ってこなくなり、医薬品、医療用品の不足が目立ってきて、日を追って、どんどん少なくなっていきます。

そして、とうとう、注射針などが、入ってこなくなってしまいました。

脱水症状《だっすいしょうじょう》の体の弱った子どもたちには、水分の補給のために、リンゲル液の静《じょう》脈《みゃく》注射をしなければなりません。

さち子たち看護婦は、小児科の医長から、

「子どもたちを助けるために、注射針を、できるだけ大切に使うように」

と、お達《たっ》しがあり、それぞれ、ガーゼで針布団を作って、それで針を消毒して、大事に使いました。

更に、医長はいいます。

「薬が入りにくくなっている。少量で多くの命を救うのだ」

さち子たちは、まずは助けなければと、五〇〇CCのリンゲル液を、分けて使うなどして、毎日が、子どもたちの手とのたたかいでした。

打ちやすい手の甲で注射をする際、さち子は、子どもに泣かれないよう、痛がらせないよう、いつも考えながら注射をしました。

そして、そのうち、さち子は、

「注射の上手な看護婦さん」

と、患者《かんじゃ》の家族からいわれるほどに、うまくなりました。

(よかったあ。そうだよ。こんな大変な子どもたち、少しでも痛くないやり方にしてあげなければ、かわいそうだよ)

自分の努力が報《むく》われたことを、とてもうれしく思いながら、一層、子どもへの注射に、注意を払いました。

それまで、空襲《くうしゅう》の爆音《ばくおん》やサイレンの音も聞こえない、おだやかな毎日でしたが、戦争の激《はげ》しさは、さち子たちのいるチチハルにも、いつの間にか、せまっていました。

毎日、目の前の仕事に精一杯たずさわっていると、周《まわ》りの情勢《じょうせい》にうとくなってしまいます。

九

ソ連参戦《さんせん》

一九四五年（昭和二十年）八月九日のことです。

「ソ連参戦だあ！」

の知らせと共に、空襲《くうしゅう》警報がけたたましく鳴り響き、あたり一帯が、突然、戦場《せんじょう》になってしまいました。

一九四一年（昭和十六年）、日本とソ連は、お互いを侵《おか》さないという相互不可《そうごふか》侵《しん》と、相互中立の条約を結んでいました。しかし、ソ連は、有効期限内のこの時に、条約の廃棄《はいき》を通告してきて、参戦してきたのでした。

満鉄《まんてつ》官舎も青年隊舎もやられてしまい、

「帰れる患者《かんじゃ》は、全員、帰すんだ！　子どもも、自宅に帰せる子どもは、全員、帰せ！」

院長が叫びます。

帰せる子どもの退院が、あわただしく始まりました。でも、重症で動かすことのできない患者《かんじゃ》が、大勢残ります。

そんな中、空襲《くうしゅう》がサイレンの音と共に、急にやってきます。

さち子たちは、子どもを抱《だ》いたり、おぶったりして、いそいで近くの防空壕《ぼうくうごう》に逃げ込みました。そして、そのおびえている子どもたちを、しっかりと抱《だ》きしめます。

「ここ、北満は危険にさらされている！　できるだけ南下する！」

そんな話を聞かされ、連日の爆撃《ばくげき》の恐怖の中で、不安は増すばかりです。

ある夜のことです。さち子は看護婦寮《りょう》で、同室の看護婦と、ぐっすりと寝ていました。

バタバタッ、バタバタッ
廊下であわただしい足音がします。

ワーワー

キャーキャー
悲鳴《ひめい》のような声。

さち子たちはおどろいてとび起き、廊下に出てみました。

そこには、奥地の病院で働いていた看護婦たちが、着のみ着のまま、逃げるようにして引き揚げてきたのでした。

そして、その若い看護婦たちは、

「こわいよー！」

「こわかったよう！」

と、口々に叫びながら、さち子たち、誰かれかまわずに、

「うわーん！」

と、抱《だ》きついて、泣き出しました。

寮《りょう》は、騒然《そうぜん》となりました。

「とりあえず、作法室《さほうしつ》に入りなさい！」

舎監さんが、大声でいい渡します。

引き揚げてきた看護婦たちは、その晩は作法室《さほうしつ》で、眠れない夜を過ごしました。

さち子も自分の部屋に仲間と戻りましたが、眠るどころではありません。

先ぱいが、深刻な表情でいいます。

「ここも、いつ、逃げるように南下しなければならない日がくるか。覚悟《かくご》しておいたほうがいいよ」

さち子の胸には、さっきのワーワー泣いていた、同じ位の年の看護婦の姿が、ありありと残っていました。

次の日、チチハル病院の、一部の看護婦と看護学生に南下の命令が下り、南に向かって出発していきました。

夕べの看護婦たちは、ソ連が国境を越えて参戦してきて、逃げてきたのでした。

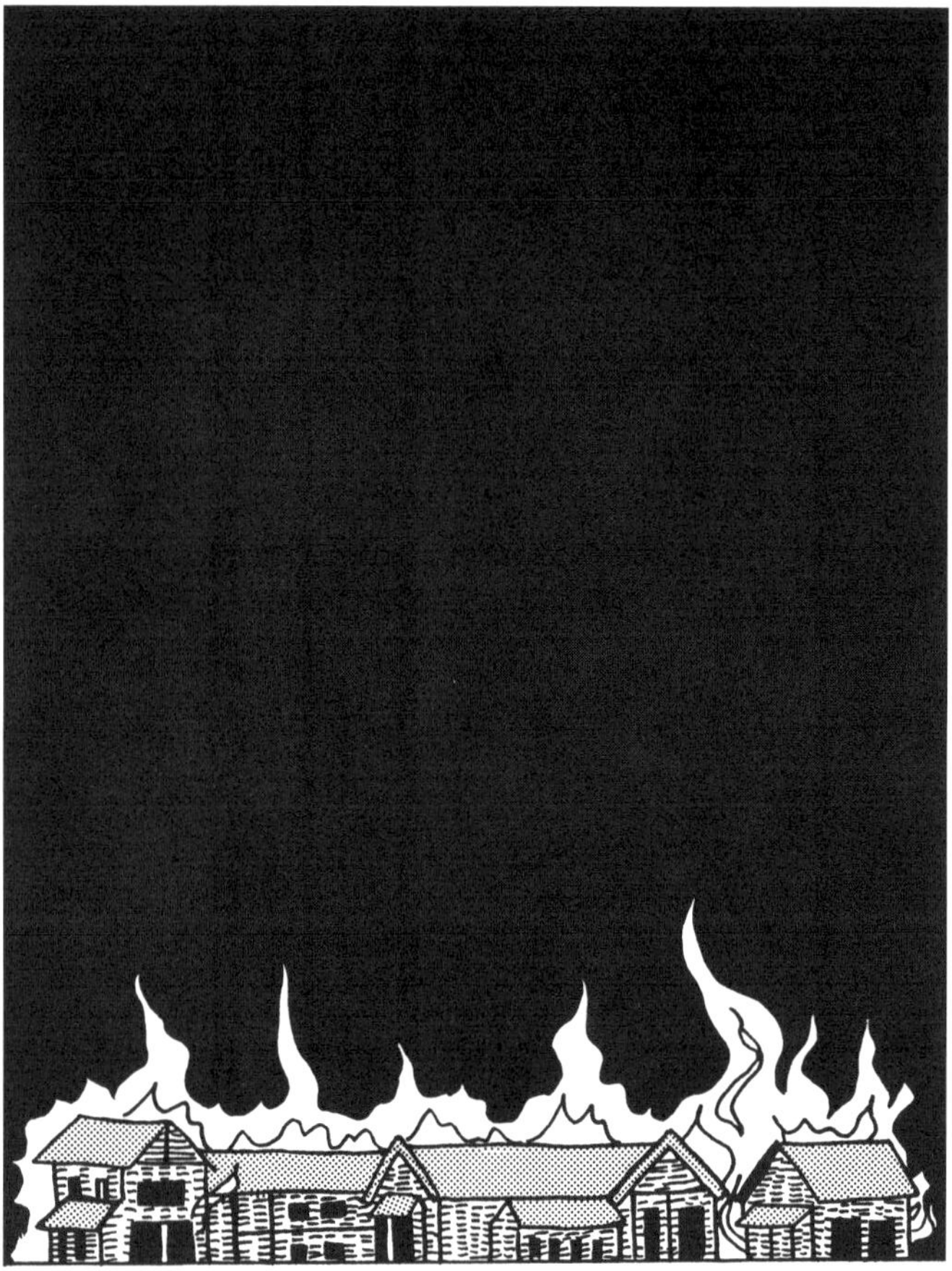

数日後、病院の周辺にある宿舎が、空爆を受けて燃えてしまいました。

十　茶色の小ビン

珍しく爆音《ばくおん》が途絶《とだ》えた、静かな日でした。

満州《まんしゅう》の夏、涼しい風が、病棟《びょうとう》の窓から入ってきます。

さち子は、残った子どもたちを、一つの部屋に集めました。

「何か、歌、歌ってあげようね。あ、〝おーてーてー　つーないでー〟にしようか」

子どもたちはベッドに横になりながら、弱々しい表情で、さち子の方を、じっと見ています。

♪おててー　つないでー
のみちを　ゆけばー

さち子は、子どもたち一人ひとりを、順ぐりに見つめました。どの子もやせ細って、顔色は悪く、目にも元気がありません。

「じゃあ、次は何にする？」

「おうまの……、おやこ」

へやのすみのベッドに横たわっているしず子ちゃんが、小さい声でいいます。

「お馬の親子ね。あ、ちょっと待ってね」

さち子は、看護婦室から、ぼろぞうきんを持ってきました。さっき、歌を歌っている時、窓ガラスがよごれていることに、気がついたのです。

〝お馬の親子〟を歌いながら、さち子は窓枠《まどわく》に上がり、子どもたちの顔をチラチラ見ながら、窓をふき始めました。

歌い終わり、フーッと深呼吸をして、青くすんだ空を見上げました。

（ああ、空襲《くうしゅう》もなくて、静かだ。ずっとこのままであってほしいなあ）

と、突然、主任の声が飛び込んできました。

「池田さん、何してるんですか！」

（ん？）

「みんな、院長室の前に集まっています。すぐ来なさい！」

「みんな、ちょっとごめんね」

さち子は、あわてて窓枠《まどわく》から下りると、肩《かた》を上げて小走りに前を行く、主任の後につきました。

（何があったんだろう？）

院長室に行くと、みんな下を向いて、泣いています。

「皇居《こうきょ》に向かって、最敬礼《さいけいれい》！」

院長が、涙声をふりしぼり、皆にいい渡します。

さち子は深くおじぎをしながら、横の友だちに、そっと聞きました。

「ねえ、どうしたの？　天皇陛下が死んだの？」

「バカね。それどころじゃないのよ。日本が、戦争に負けたのよ」

低い声が返ってきます。

「えっ？」

さち子は一瞬、友だちの言葉が飲み込めませんでした。

そのあと、みんな廊下を、ワーワー泣きながら、職場に戻っていきます。

「日本は敗戦国《はいせん》なのよ。私たちは、これからどうなるのか、わからないのよ」

友だちにいわれて、（そうなんだ。日本は、負けたんだ）と、改めて自分にいい聞かせました。

しかし、十六歳のさち子にとって、負けるということは、どういうことを意味するのか、さっぱりわかりません。

（ふうん、大変なことなんだ。日本は勝つ、勝つといってたのに、負けたんだ。この先、私たちはどうなるんだろう）

さち子は、さまざまなことがわかないまま、病棟《びょうとう》に戻りました。

しばらくすると、主任がやってきて、涙ながらに伝えます。

「私たちは、敗戦《はいせん》国民です。今後のことは、上からの指示があります。冷静に待つように」

この時、さち子は初めて、どっと涙が出ました。

(私たちは殺されてしまうのかな。もう、日本には帰れないのかな。母ちゃん、兄ちゃん、姉ちゃん、それに弟や妹に、もう会えないのかな)

さち子は、隣の病棟《びょうとう》にいる友だちのところに行き、肩《かた》を抱《だ》き合って泣きました。

その晩のことです。婦長さんから、

「全員、集まるように」

と、伝達が入りました。

整列しているさち子たちに向かい、婦長さんは再び、日本が戦争に負けたこと、そして、自分たちは不幸にも、その負けた敵国の中にいること、でも、看護婦として、日本国民として、最後までしっかりと職務に尽《つ》くすことを訓辞《くんじ》します。

さち子たちは肩《かた》を寄せ合い、また、さめざめと泣きました。

婦長さんは最後に、

「今後、何が起きるか、全く予測できません。いかなることが起きようとも、大和撫子《やまとなでしこ》として、はずかしくないように、これを皆さんに渡しておきます」

と、茶色の小ビンを、一人ひとりに渡しました。中に、少量の白い粉が入っています。

(え、何、これ?)

へやに戻ってから、先ぱいに、

「青酸《せいさん》カリだから、取り扱いは厳重《げんじゅう》にしなさい」

と、注意されました。

一九四五年（昭和二十年）八月十五日、敗戦《はいせん》の日の、さち子の一日でした。

十一

八路軍《はちろぐん》に入る

日本が敗戦国《はいせん》となって五日後の、八月二十日、満鉄《まんてつ》の上層部から、

「このまま病院を維持《いじ》していくことは、むずかしい。非常に残念だが、病院を閉鎖《へいさ》する。病院の看護婦たちはどうしているか。このままだと、危険だ。分散して、社宅に入れる」

と、命令が出ました。

今までいっしょだった、看護婦寮《りょう》の同じ仲間とバラバラになり、それぞれ、社宅に入りました。

満州《まんしゅう》の奥地や、満鉄《まんてつ》の沿線各地には、新天地を求めて、日本から、大勢の人々が開拓団として移住してきています。その人たちが、それまで住んでいたところを捨てて、持てるだけの荷物を背負い、子どもを引き連れ、襲撃《しゅうげき》に会いながら、必死の思いで逃げてきます。

そして、空襲《くうしゅう》は連日のようにありました。

ついに、町に、ソ連兵が入ってきて、略奪《りゃくだつ》などが、ひんぱんに横行《おうこう》するありさまです。

そういう中、患者《かんじゃ》は、まだまだ大勢います。

「日本人会病院を作る」という号令の下、病院が作られました。さち子は、そこに勤務することになりました。

一年ほどたった時、病院の看護婦たちも、やっと、帰国できるようになり、かなりの人が、なつかしい故国《ここく》に帰っていきました。

看護婦たちが、次々と帰国していく――、残っている病人は？　さち子たちが思っている矢先です。院長から号令がかかり、一同に集められました。

「日本人として、今、入院している患者《かんじゃ》さんを、見捨てる訳にはいかない。みんなで残って、看護に当たってほしい。でも、それぞれ、いろいろ事情がある。一部、残留組《ざんりゅう》を作るから、協力してほしい」

という話でした。

いろいろな事情とは、家族の状況だったり、或《あ》いは、日本で、結婚の約束をしていることなどでした。

集まった看護婦たちは、やっと日本に帰れる、家族の元に帰れると、胸を踊《おど》らせていました。しかし、病人をほおって帰る訳にはいきません。ましてや、病人の治療《ちりょう》を助けるのが、看護婦の役目です。

さち子たちは、お互い、顔を見合わせては、下を向いていました。

その時です。

「池田、お前は明るく、元気でいい。残ってほしい。残って、患者《かんじゃ》を看てほしい。おれの力になってくれ」

院長から、さち子に声がかかりました。

さち子は、一瞬、ビクッとしましたが、すぐに、院長をしっかりと見ながら、大きな声で、

「はいっ！」

と、返事をしました。

しかしその時、この名指しで、その後七年間、昭和二十八年まで残るとは、誰が予想したでしょう。

さち子のあと、何人かの名前が呼ばれ、残留組《ざんりゅう》となりました。

その後、日本人もだんだん少なくなり、

「独身者は、それぞれ、結婚した方がいい」

という声が、先生方の間から出てきました。

「池田、中田先生はどうか」

院長から話がありました。

中田先生は内科医で、時に、小児科病棟《びょうとう》に来て、小児科の先生と話し、患者《かんじゃ》に対して指示を出したりしていました。

他の看護婦にも、

「○○先生といっしょになるか」

と話があり、まとまっていき、さち子たちは、合同結婚式を挙げました。

一九四七年（昭和二十二年）、チチハルの病院が閉鎖《へいさ》された時には、帰る船は、すでになくなっていました。

当時、中国国内は、国民党と中国共産党との間で争《あらそ》っていましたが、一九三三年、内戦を中止して、お互い協力し合って、大陸に向かった日本に対して戦争をしていたのです。

そして、日本が、第二次大戦の敗戦国《はいせん》となってしまったあと、国民党と共産党の八路軍《はちろぐん》の争いは再開しました。

ある晩のことです。さち子たちのいるチチハルで、一晩中、パ、パン！　と激《はげ》しい砲げきの音が聞こえました。

と、次の日、大勢の八路軍が町に入ってきました。町は八路軍に押さえられたのでした。

八路軍は、残っていた日本人に聞きます。

「ソ連兵が町に入って来た時、物を取られたりはしなかったか」、或《あ》いは「傷つけられたりはしなかったか」と。

そして更に、医療従事者に向かって、

「中国の発展のために、みなさんの力を貸してほしい」

と、要請《ようせい》してきたのでした。

チチハルは、すでに共産党の八路軍に押さえられていて、そして日本に帰る術《すべ》もなくなってしまっている中、

「八路軍に入った方が、安全だ」

ということで、さち子たちは八路軍の要請《ようせい》を受け入れ、さち子は医師の夫《おっと》と共に、ソ連国境近くの野戦《やせん》病院に配属《はいぞく》されました。

そこでは弾薬庫《だんやくこ》が診療所となり、負傷《ふしょう》した兵士が、次から次へと運び込まれてきて、さち子たち夫婦は、医療器具や薬品もあまりない中、その治療《ちりょう》に苦労しました。

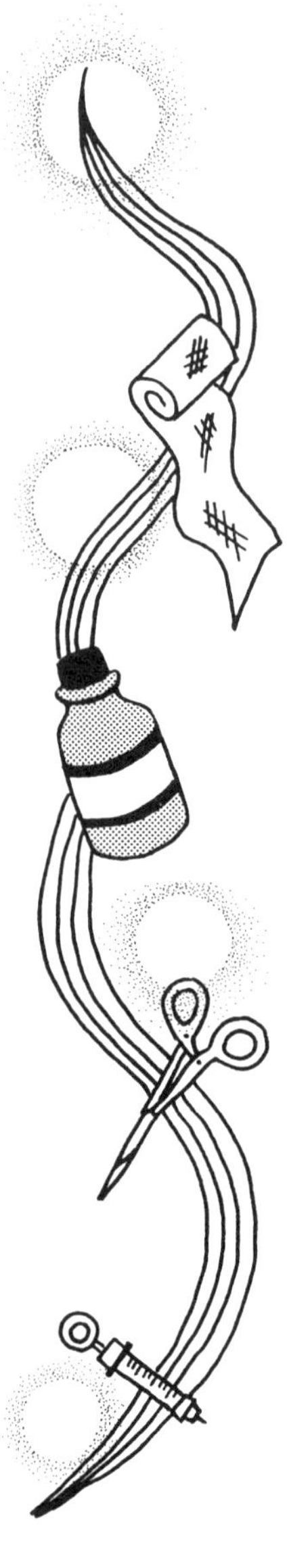

十二　生徒たちとの別れ

しばらくして、一九四八年（昭和二十三年）、さち子たちは、今度は、ハルビンの衛生部に移ることになりました。

そこでは、さち子は、病院で看護婦としての仕事をする、と同時に、衛生部の教育係を命じられました。

それは、十五、六歳の六人の中国人の女性に、看護婦になるための看護教育を行うというものです。

六人の生徒は皆、熱心にさち子の講義《こうぎ》を受け、そして、血圧、体温測定などの実習も、さち子の手元をじっと見ながら、一生懸命に学び取ろうとしています。

（これからの中国の医療をになっていく彼女たちだ。私の知識、技能がお役に立てるなんて、誇《ほこ》らしく、うれしいことだ）

さち子は片言《かたこと》の中国語を使いながら、一生懸命に、授業をしました。

言葉も、さち子は彼女たちと交流する中で、中国語をどんどん習得していきます。

（生徒たちは、ちょうど私の妹くらいの年だ。かわいいよ）

さち子はそんなふうに思い、彼女たちも、さち子にとてもなつきました。

休み時間などに、家族のこと、町のことなど、いろいろとおしゃべりをして、さち子に聞かせてくれます。

また、さち子は、兵士からも、

「日本語を教えてくれ」

と、自分の弟のような年かっこうの若者から、せがまれたりもしました。

このハルビンの地で、さち子たち夫婦に子どもが生まれました。

軍は、その子どもに、保母さんを付けてくれたので、さち子は思う存分、衛生部の病院での看護の仕事、そして、若い女性たちへの看護学指導に当たることができました。

地域の情勢《じょうせい》も少しずつ落ちついてくる中、ここでの唯一《ゆいいつ》の娯楽《ごらく》は、ダンスです。さち子は得意《とくい》です。小さい時から、いつも体を動かしていたからかもしれません。

町のホールには、一般の中国人、ソ連人が踊《おど》っていて、さち子も時々会場に行って、ダンスを楽しみました。

ハルビンに来て二年たった、一九四九年（昭和二十四年）、さち子たちはハルビンを離れることになりました。

看護学の最後の授業が終わったあと、さち子は、このことを生徒たちに伝えます。

するとと、生徒たちは、

「先生、行かないで下さい！」

「もっと、いて下さい！」

「先生と別れたくありません。もっといろいろ、私たちに教えてください！」

と、泣きながら、さち子に抱《だ》きついてきます。

さち子も、

「私も、皆さんといっしょに、もっとここにいたいです。でも、仕方がありません」

涙をふきながら、生徒たちと抱《だ》き合います。

生徒たちも、とうとう、最後には、

「先生、ありがとうございました」

「看護のこと、とてもていねいに、熱心に、私たちに教えてくれました」

「教わったことを生かして、人民に奉仕《ほうし》します」

と、涙をぬぐいながら、さち子から離れていきました。

二十二歳のさち子にとっても、半分、友だちのような存在の教え子に対して、別れはつらいものでした。

それから数日後、さち子の家に、病院から迎えの車が来て、医師の夫《おっと》と共に、さち子は乳飲《ちの》み子を抱《だ》き、車に乗りました。

そして、見送りに来た教え子たちと、最後の別れをしました。

車は町を過ぎ、すぐに郊外に出て、原野の中をどんどん進みます。

さち子は涙をぬぐいながら、横の夫《おっと》にいいます。

「ねえ、敵国の中で、敵国の人たちに、こんなに感謝されて――」

「ほんとに――。私も、上層部にとても感謝された。そして、ある軍幹部はいっていた。〝悪いのは日本の軍部だ。あなたたちは悪くない〟って」

さち子は、夫《おっと》のいったことが、強く心に残りました。

(日本が戦った、侵略《しんりやく》したこの中国。戦争は、国と国の戦いだ。私は敵国の中で、敵国の人たちとこんなにも親しくなれた――。中国の人たちは、私を信頼してくれた。そして感謝された。人間対人間――。人間同士は、このような状況でも、仲良くなれるんだ)

さち子は、すっかり眠ってしまったわが子の頭をなでながら、しみじみと思ったのでした。

十三　いよいよ、帰国に

ハルビンを離れたさち子たちは、青島《チンタオ》に向かいました。そこには、大勢の帰国を待つ日本人が集まっていました。

さち子たちは、そこからさらに、河北省《かほくしょう》の北西部にある張家口《ちょうかこう》に移動させられました。

張家口《ちょうかこう》では、医師が三名、看護婦五、六名ほどいる、政府の比較的大きな病院に勤務しました。

そこで、二人目の子どもが授《さず》かりました。

ハルビンの時と同じに、保母さんがずっとついていてくれます。

この張家口《ちょうかこう》で、いよいよ、帰国、ということになりました。待ちに待った帰国です。

さち子は夫《おっと》と共に、あわただしく、その準備を始めました。

一九五三年（昭和二八年）四月二八日、ついに、河北省《かほく》の中西部の保定《ほてい》から、港に向かいました。

さち子は、ふだんはカーキ色の軍服《ぐんぷく》をあてがわれて、着ていましたが、今日は、紺色《こんいろ》の軍服《ぐんぷく》姿です。

中国の《義勇軍《ぎゆうぐん》行進曲》が、高らかに流れる中、大勢の日本への帰国者が、乗船しています。

上の四歳の和子の手をひく夫《おっと》と共に、さち子は、下の二歳の友江を乗せた乳母《うば》車《ぐるま》を押しながら、タラップをゆっくりと上ります。

船室に入り、隅《すみ》に場所を取ってすわると、さち子は、フーッと大きく息を吐《は》きました。

「やっと……やっと……、日本ですね」

さち子は、横の夫《おっと》に声をかけました。

夫《おっと》はさち子をまじまじと見つめながら、大きくうなずきます。

そして、目をつむり、一人で何度も何度もうなずいています。

下の子は乳母車《うばぐるま》の中で、すでに眠っています。

「和子ちゃんも、もうねようね。あしたは、にほんだよ。おじいちゃん、おばあちゃんがまっているよ」

さち子は、上の子を自分の横に寝かせ、自分の薄《うす》いコートをかけました。

「この子たちに、まず、日本語を教えなければ、ねえ」

さち子は、眠ってしまった二人の子どもを見ながら、久しぶりに日本語を使い、夫《おっと》と苦笑《くしょう》します。

さち子が病院に勤務していたり、若い女性たちに看護学を教えたりしていた間、家で、二人の子どもの、生まれた時からの世話をしてくれていた保母さんたちは、すべて中国語で面倒《めんどう》をみてくれていました。

それで、子どもたちは中国語しかわかりません。だから、さち子の家での会話は、だいたい、子どもがわかる中国語だったのです。

さち子たちは、日本の、兵庫《ひょうご》の夫《おっと》の両親のところと、さち子の母や姉のいる長野県の佐久《さく》には、帰国の手紙を、すでに出してありました。

兵庫《ひょうご》の両親、そして、さち子の姉とおばさんから、船が到着する舞鶴港《まいづるこう》に、出迎えに行く、という手紙を、すでに受け取っています。

「遅いから、寝た方がいいな」

と、夫《おっと》はかべに寄りかかり、目をつむっています。しかし、寝つかれないのか、さかんに、体の向きを替《か》えたりしています。

さち子は夫《おっと》と並んで、かべに寄りかかり、目をつむりました。

頭の中に、さまざまなことが次から次へと、走馬灯《そうまとう》のようによみがえってきます。

（高等科を卒業して、すぐに満州《まんしゅう》に来たんだ。戦争のないところへ行きたいって思って、日本を出てきたけど、どこも戦場《せんじょう》だらけだった。養成所で勉強して……。日本を出てから、十一年もたっている。あの頃は、まだまだ、子どもだった……。元気いっぱいの私が、結婚して、二人の子どもにも恵まれて――。姉ちゃん、びっくりするだろうなあ）

勤務した病院で、やせ細って亡くなった、大勢の子どもたちが、目に浮かんできます。

（かずこちゃん、まことくん、のりちゃん……。ああ、それに、同僚《どうりょう》の高橋さん、田口さん……、結核《けっかく》になって、薬もなく、ただ、ただ枕元で、歌を歌ってあげることしかできなかった）

さち子にとって、みな、つらい別れ、悲しい思い出です。

そして、戦争がやっと終わった、と同時に、今度は中国内戦が再び始まり、その戦場《せんじょう》での負傷兵治療《ふしょうへいちりょう》の苛酷《かこく》な勤務。

看護学を教えた中国の女の子たちの、輝くような、はちきれそうな笑顔が、一人ひとり浮かんできます。

（みんな、がんばれよー）

日本に着いたら、兵庫に住んでいる、夫《おっと》の両親のところで、しばらく、落ちつくことになっています。

（少したって、子どもたちが周《まわ》りに慣《な》れてきたら、夫《おっと》と共に、また、医療の仕事につこう。人々に尽《つ》くそう）

さち子は、目をつむっている夫《おっと》の横顔、そして、自分の横で寝ている和子と、乳母車《うばぐるま》の中の友江を見やりながら思うのでした。


（終）

あとがき

田中様、その後、お変わりありませんか？

二〇一六年五月十七日の朝日新聞で、私は「留用」、「留用者」という言葉を初めて知りました。

それは、第二次大戦が終わった後でも、中国の共産党や国民党に、「残って、我々のために、働いてくれ」と、技術関係者や、田中様のような医療関係などの人々が請われ、敗戦の混乱の中で、生き残るためには応じざるをえなく、残留し、そしてその留用者達は、各地で活躍し、高く評価されて喜ばれたのでした。

お互い、敵国同士でありながら、〝人間対人間のつながり〟の中で温かい交流が生まれた、そのことに私はとても感動を覚えました。そして、この記事を書かれた記者さんに、記事に載っていた田中様にお会いして、くわしくお話をお聞きしたい、と仲介をしていただいたところ、田中様は快く受けてくださり、お話を伺うことが出来ました。

たった十四歳で満州へ渡り、看護婦の道を歩まれた、その強い意志。

田中様には、三回程、お会いしましたね。初めての時は、目印としての、私のお送りした水色の冊子を胸にして。毎回、東海道線戸塚駅の改札口で、にこにこと待っていてくださいました。足が少しご不自由の中、バスに乗り、駅まで出てくださいました。

戦時中、大陸に渡った若い女性達の働き、そして、日本人と中国人の温かい交流のお話を伺うにつれて、出来るだけ大勢の人に、このことを伝えたいと、強く思えてきました。そして、お聞きしたことをもとに、書きまとめてみました。

数年前の新年に、田中様にお電話した時、「暮に、入院したばかりの帰国者から連絡が入り、黒豆を煮ていたのを中断して、急いでかけつけたの」と、ほがらかに、そんなことをおっしゃっていましたが、田中様は、現在、帰国した大勢の残留孤児達の面倒を見ることを、続けていらっしゃいます。

出版にあたって、日本僑報社には大変お世話になりました。ありがとうございました。

安川 操

二〇一九年十二月吉日

著者　**安川 操**（やすかわ みさお）

1943年、父の仕事の関係で、埼玉県飯能市に生まれ、その後、長野県の佐久で育つ。

児童文化の会・むさしの児童文化の会・会員。

創作集『子ども世界』、同人誌『はんの木』に童話等を発表。その他『友だち100人つくろう』（共著）、エッセイ集『趙さんいらっしゃい』、『ウルムチの灯《あかり》が見える――中国新疆ウイグル自治区訪問記』（全国学校図書館協議会の基本図書に選定）、『ぎおん祭』（以上けやき書房）。

趣味は中国語、太極拳。

イラスト　**花田真奈美**（はなだ まなみ）

The Duan Press

さち子十四歳　満州へ　―戦中・戦後　看護婦として―

2019年12月31日　初版第1刷発行
著　者　　安川 操（やすかわ みさお）
発行者　　段 景子
発売所　　日本僑報社
〒171-0021 東京都豊島区西池袋3-17-15
TEL03-5956-2808　FAX03-5956-2809
info@duan.jp
http://jp.duan.jp
中国研究書店 http://duan.jp

ISBN 978-4-86185-279-4　C0036

忘れえぬ人たち

「残留婦人」との出会いから

神田さち子 著

©ちばてつや

「もう何も日本に言いたいことはありません」という、痩せ細った小さい体の残留婦人が言われた言葉を、ぼくは中国引揚者の一人として、さらには日本人の一人として重く受け止める――神田さち子さんが生涯をかけた作品。

山田洋次 映画監督

日本僑報社

子どもたちへの「語り」の世界から「ひとり芝居」へ、さらには中国公演へ――中国残留婦人の半生を描いたひとり芝居『帰ってきたおばあさん』を一九九六年の初演以来、日本各地で、さらには中国ハルビン、長春、北京から安徽省合肥まで、微妙な日中関係も乗り越えて公演を重ねてきた女優・神田さち子。

「私たちのことを忘れないでください」という残留婦人の言葉。

「日本にも被害者がいたのですか」という北京外大生の素朴な驚き。

こうした数々の言葉とともに、観衆の熱い声援と温かいメッセージに支えられてきた各地での公演記録や、貴重な出会いの数々を点綴する。

本体１８００円＋税
ISBN 978-4-86185-282-4

日本僑報社のおすすめ書籍

日中文化DNA解読
心理文化の深層構造の視点から
尚会鵬 著　谷中信一 訳
2600円＋税
ISBN 978-4-86185-225-1

中国人と日本人の違いとは何なのか？文化の根本から理解する日中の違い。

日本語と中国語の落し穴
用例で身につく「日中同字異義語100」
三井物産㈱ 初代中国総代表
久佐賀義光 著
1900円＋税
ISBN 978-4-86185-177-3

中国語学習者だけでなく一般の方にも漢字への理解が深まり話題も豊富に。

日本の「仕事の鬼」と中国の〈酒鬼〉
漢字を介してみる日本と中国の文化
冨田昌宏 編著
1800円＋税
ISBN 978-4-86185-165-0

ビジネスで、旅行で、宴会で、中国人もあっと言わせる漢字文化の知識を集中講義！

中国漢字を読み解く
～簡体字・ピンインもらくらく～
前田晃 著
1800円＋税
ISBN 978-4-86185-146-9

中国語初心者にとって頭の痛い簡体字をコンパクトにまとめた画期的な「ガイドブック」。

日本語と中国語の妖しい関係
～中国語を変えた日本の英知～
松浦喬二 著
1800円＋税
ISBN 978-4-86185-149-0

「中国語の単語のほとんどが日本製であることを知っていますか？」という問いかけがテーマ。

屠呦呦（ト・ユウユウ）
中国初の女性ノーベル賞受賞科学者
『屠呦呦伝』編集委員会 著
日中翻訳学院
町田 晶 監訳　西岡一人 訳
1800円＋税
ISBN 978-4-86185-218-3

画期的なマラリア新薬を生み出し、人類を救った女性研究者の物語。

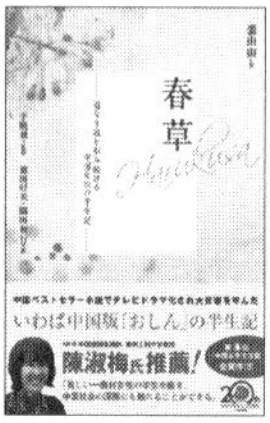

春 草　道なき道を歩み続ける中国女性の半生記
裘山山 著　于暁飛 監修
徳田好美、隅田和行 訳
2300円＋税
ISBN 978-4-86185-181-0

《東京工科大学 陳淑梅教授推薦》中国でテレビドラマ化され反響を呼んだベストセラーの日本語版。

新中国に貢献した日本人たち
友情で語る戦後の一コマ
中国中日関係史学会 編
武吉次朗 訳
2800円＋税
ISBN 978-4-931490-57-4

日中両国の無名の人々が苦しみと喜びを共にする中で築き上げた友情と信頼関係。続刊好評発売中！

悩まない心をつくる人生講義
―タオイズムの教えを現代に活かす―
チーグアン・ジャオ 著
町田晶（日中翻訳学院）訳
1900円＋税
ISBN 978-4-86185-215-2

無駄に悩まず、流れに従って生きる老子の人生哲学を、現代人のため身近な例を用いて分かりやすく解説。

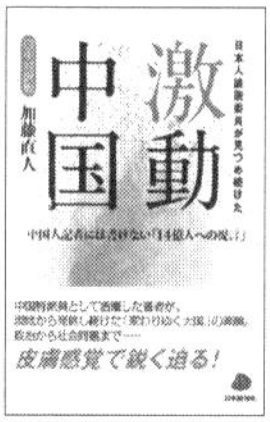

日本人論説委員が見つめ続けた
激動中国
中国人記者には書けない「14億人への提言」
加藤直人 著 〈日中対訳版〉
1900円＋税
ISBN 978-4-86185-234-3

中国特派員として活躍した著者が現地から発信、政治から社会問題まで鋭く迫る！

日本僑報社のおすすめ書籍

来た！見た！感じた !!
ナゾの国 おどろきの国
でも気になる国 日本
中国人気ブロガー招へい
プロジェクトチーム 編著
2400 円＋税
ISBN 978-4-86185-189-6

中国人ブロガー22人の「ありのまま」体験記。

尖閣諸島をめぐる
「誤解」を解く
―国会答弁にみる政府見解の検証
笘米地真理 著
3600 円＋税
ISBN 978-4-86185-226-8

尖閣問題の矛盾点をつきとめ、こじれた問題を冷静な話し合いで解決するためのヒントとなる一冊。

第16回華人学術章受賞作品
中国東南地域の民俗誌的研究
―漢族の葬儀･死後祭祀と墓地―
何彬 著
9800 円＋税
ISBN 978-4-86185-157-5

華人学術賞の原稿を募集中です！

日中語学対照研究シリーズ
中日対照言語学概論
―その発想と表現―
高橋弥守彦 著
3600 円＋税
ISBN 978-4-86185-240-4

中日両言語の違いを知り、互いを理解するための一助となる言語学概論。

中国工業化の歴史
―化学の視点から―
峰毅 著
3600 円＋税
ISBN 978-4-86185-250-3

中国近代工業の発展を、日本との関係を踏まえて化学工業の視点から解き明かした歴史書。

対中外交の蹉跌
- 上海と日本人外交官 -
在上海日本国総領事 片山和之 著
3600 円＋税
ISBN 978-4-86185-241-1

現役上海総領事による、上海の日本人外交官の軌跡。近代日本の事例に学び、今後の日中関係を考える。

李徳全
――日中国交正常化の「黄金のクサビ」を打ち込んだ中国人女性
程麻・林振江 著
林光江・古市雅子 訳
1800 円＋税
ISBN 978-4-86185-242-8

戦犯とされた日本人を無事帰国。日中国交正常化18年前の知られざる秘話。

病院で困らないための日中英対訳
医学実用辞典
松本洋子 著
2500 円＋税
ISBN 978-4-86185-153-7

海外留学･出張時に安心、医療従事者必携！指さし会話集＆医学用語辞典。

日中中日翻訳必携・実戦編 III
美しい中国語の手紙の
書き方・訳し方
ロサンゼルス総領事 千葉明 著
1900 円＋税
ISBN 978-4-86185-249-7

日中翻訳学院の名物講師武吉先生が推薦する「実戦編」の第三弾！

日中中日翻訳必携・実戦編 IV
こなれた訳文に仕上げるコツ
武吉次朗 著
1800 円＋税
ISBN 978-4-86185-259-6

「実戦編」の第四弾！「解説編」「例文編」「体験談」の三項目に分かれ「武吉塾」の授業内容を凝縮。

豊子愷《ほうしがい》児童文学全集（全7巻）

第1巻 一角札の冒険

豊子愷 著
小室あかね（日中翻訳学院）訳

次から次へと人手に渡る「一角札」のボク。社会の裏側を旅してたどり着いた先は……。世界中で愛されている中国児童文学の名作。

四六判152頁 並製 定価1500円＋税
2015年刊 ISBN 978-4-86185-190-2

第2巻 少年音楽物語

豊子愷 著
藤村とも恵（日中翻訳学院）訳

中国では「ドレミ」が詩になる？家族を「ドレミ」に例えると？音楽に興味を持ち始めた少年のお話を通して、音楽の影響力、音楽の意義など、音楽への思いを伝える。

四六判152頁 並製 定価1500円＋税
2015年刊 ISBN 978-4-86185-193-3

第3巻 博士と幽霊

豊子愷 著
柳川悟子（日中翻訳学院）訳

霊など信じなかった博士が見た幽霊の正体は？
人間の心理を鋭く、ときにユーモラスに描いた傑作短編集。

四六判131頁 並製 定価1500円＋税
2015年刊 ISBN 978-4-86185-195-7

第4巻 小さなぼくの日記

豊子愷 著
東滋子（日中翻訳学院）訳

どうして大人はそんなことするの？小さな子どもの瞳に映った大人社会の不思議。激動の時代に芸術を求め続けた豊子愷の魂に触れる。

四六判249頁 並製 定価1500円＋税
2016年刊 ISBN 978-4-86185-192-6

第5巻 わが子たちへ

豊子愷 著
藤村とも恵（日中翻訳学院）訳

時にはやさしく子どもたちに語りかけ、時には子どもの世界を通して大人社会を風刺した、近代中国児童文学の巨匠のエッセイ集。

四六判108頁 並製 定価1500円＋税
2016年刊 ISBN 978-4-86185-194-0

第6巻 少年美術物語

豊子愷 著
舩山明音（日中翻訳学院）訳

落書きだって芸術だ！
豊かな自然、家や学校での生活、遊びの中で「美」を学んでゆく子供たちの姿を生き生きと描く。

四六判204頁 並製 定価1500円＋税
2017年刊 ISBN 978-4-86185-232-9

第7巻 中学生小品

豊子愷 著
黒金祥一（日中翻訳学院）訳

子供たちを優しく見つめる彼は、思い出す。学校、先生、友達は、作家の青春に何を残しただろう。若い人へ伝える過去の記録。

四六判204頁 並製 定価1500円＋税
2017年刊 ISBN 978-4-86185-191-9

エッセイスト
絵本作家 **海老名香葉子氏 推薦**

中国児童文学界を代表する豊子愷先生の児童文学全集がこの度、日本で出版されることは誠に喜ばしいことだと思います。溢れでる博愛は子供たちの感性を豊かに育て、やがては平和につながっていくことでしょう。

ISBN 978-4-86185-112-4
本体2800円＋税

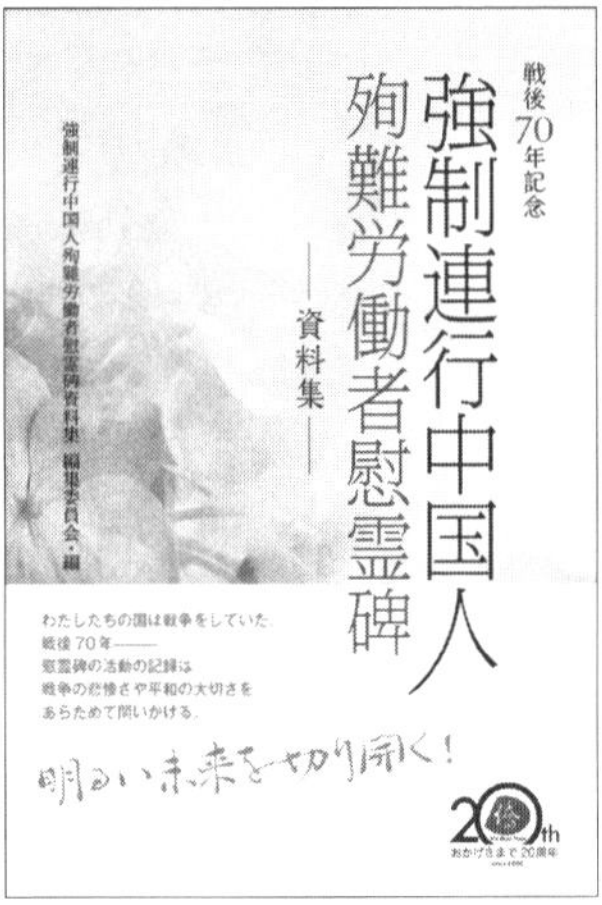

ISBN 978-4-86185-207-7
本体2800円＋税

ISBN 978-4-86185-044-8
本体2500円＋税

ISBN 978-4-86185-136-0
本体1900円＋税